Ye

H1030

LA COURONNE

HARMONIEUSE

12 MÉLODIES

SUR LES FÊTES DE LA TRÈS-SAINTE VIERGE.

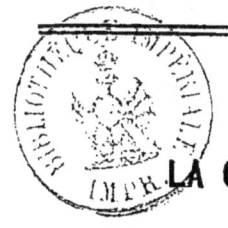

Nº 1.

LA CONCEPTION IMMACULÉE.

Les Siècles n'étaient pas encore,
Le monde attendait pour éclore
Le signal du Très-Haut, le *Fiat* créateur ;
Et moi déjà j'étais conçue,
Le Seigneur m'avait aperçue :
Oui, dès l'éternité, je vivais dans son cœur.

CHŒUR.

Allez, ô glorieux Prophètes,
De moi parlez à votre nation,
Allez, allez, dites-lui mes conquêtes,
Dites-lui mes vertus, mes titres et mes fêtes :
Je suis la Vierge de Sion (*bis*).

Comme un lis parmi les épines
Voyez s'étendre mes racines,
Sur un sol infécond, chez un peuple pervers ;
Seule je serai sans souillure,
Et mon âme innocente et pure
Ira blesser au cœur le Dieu de l'Univers.

Spectacle nouveau pour le monde !
Toujours vierge et pourtant féconde,
Le Dieu, l'Emmanuel voudra naître en môn sein,
Obscure je saurai lui plaire,
Sans tache il me fera sa mère ;
Ce sont là vos secrets, Seigneur, Dieu trois fois saint.

Je serai la femme immortelle
Qui, sur la tête du rebelle,
Poserai pour jamais un pied victorieux ;
Contre moi sa haine incessante
Viendra se briser impuissante :
L'Homme ainsi préservé marchera vers les Cieux.

Émus d'une sainte allégresse,
Tous les peuples avec ivresse
Exalteront ma gloire et diront mon bonheur.
L'humble Vierge de Galilée
Sera la Vierge immaculée !
O terre, entr'ouvrez-vous et germez le Sauveur.

No 2.

LA NATIVITÉ.

Anges du ciel, quittez vos trônes,
La Vierge Reine a vu le jour,
Venez lui jurer votre amour,
Venez lui tresser des couronnes.
Et toi qu'adorait l'univers,
Archange perfide et rebelle,
Reconnais la Vierge fidèle ;
Satan, Satan, rentre au fond des enfers.

CHŒUR.

C'est elle !
C'est la Vierge fidèle,
C'est la Reine de l'univers.

De Jessé le rameau stérile
Va refleurir enfin pour nous.
Esprit divin, reposez-vous
Sur cette fleur tendre et fragile ;
C'est vous, dans le lointain des mers,
Qu'un jour aperçut le Prophète ;
Chantons, célébrons cette fête,
Chantons, chantons nos plus joyeux concerts.

Aurore de la délivrance,
Mère du Rédempteur promis,
La terre et les cieux réjouis
Vont célébrer votre naissance.
Nos jours, hélas ! nos jours amers
Se consumaient dans l'esclavage ;
Mais du salut, voici le gage,
Brisons, brisons, aujourd'hui tous nos fers.

N° 3.

LA PRÉSENTATION.

Avec vous, ô tendre Mère,
A Dieu je m'offre aujourd'hui ;
Dans son divin sanctuaire,
Daignez être mon appui.

CHŒUR.

Avec vous, ô tendre Mère,
A Dieu je m'offre aujourd'hui ;

Dans son divin sanctuaire,
Daignez être mon appui.

Vierge, que vous êtes belle !
Quand le Seigneur vous appelle,
Docile fille des Rois,
Vous accourez à sa voix.

Comme en un vase d'argile,
Portez votre cœur fragile,
Et les anges ici-bas
Viendront protéger vos pas.

Aimable fleur d'innocence,
Vierge, ô Reine de l'enfance,
Ceux que vous savez charmer
Sont heureux de vous aimer.

Car votre amour sur la terre,
Votre amour, ô bonne Mère,
C'est le doux rayon de miel,
C'est le bonheur, c'est le ciel !

Près de l'autel, ô Marie,
Soyez la branche fleurie,
Chaste lampe du saint lieu,
Guidez l'homme vers son Dieu.

Soyez, Mère bien-aimée,
Cette vapeur embaumée
Que les Anges, chaque soir,
Font monter de l'encensoir.

Soyez le sel de la terre,
Soyez la fleur du parterre,

Soyez le lis du jardin,
Le frais parfum du matin.

Hélas! Quand Jésus me presse,
J'hésite et j'attends sans cesse;
Faible toujours et charnel,
Je rampe et j'aspire au ciel.

Mais c'en est fait, Vierge sainte,
Près de vous, dans cette enceinte,
Je veux apprendre à souffrir,
Afin d'apprendre à jouir.

Je veux que ma seule étude,
En cette humble solitude,
Soit d'imiter vos vertus,
Pour ressembler à Jésus.

Jésus et vous, sans partage,
Vous serez mon héritage,
Héritage précieux
Qu'on recueille dans les Cieux.

N° 4.

MARIE AU TEMPLE.

CHŒUR.

Temple béni, Temple de la prière,
Que dans ton sein l'on passe d'heureux jours!
Oui, désormais, je dis avec ma mère :
Je t'aimerai toujours, toujours.

Combien de fois tu vis l'humble Marie
Devant l'autel, courber son front pieux !

Combien de fois, à ce monde ravie,
Son âme sainte était portée aux cieux.

Parvis sacrés, augustes tabernacles,
A cette Enfant direz-vous l'avenir ?
Lui direz-vous quels étonnants miracles
En elle un jour le ciel doit accomplir ?

Lui direz-vous qu'elle doit être mère,
Sans que son lis ait perdu sa blancheur ;
Que d'elle un jour, ineffable mystère !
Naîtra Jésus, son Dieu, son créateur ?

Lui direz-vous que son fils adorable,
Qui donne aux rois leurs trônes, leurs palais,
Doit, méconnu, naître dans une étable
Et vivre pauvre en semant les bienfaits ?

Lui direz-vous en quel profond abîme
Sera plongé son amour maternel,
Lorsque Jésus, innocente victime,
Expirera sur un sanglant autel ?

Non, cachez-lui les sommets du Calvaire !
Oh ! n'ouvrez point la source de ses pleurs !
Elle est heureuse, elle prie, elle espère,
Epargnez-lui de précoces douleurs.

Ah ! que son cœur dans une paix profonde,
Près de l'autel s'exhale en saints désirs !
Un siècle entier des plaisirs de ce monde
Vaut-il un jour de ces chastes plaisirs ?

Et nous, Seigneur, ainsi que notre Mère,
Oh! puissions-nous goûter plus de douceurs
A vivre obscurs dans votre sanctuaire,
Qu'à demeurer au milieu des pécheurs.

N° 5.

L'ANNONCIATION.

CHŒUR.

Salut, salut, Vierge qui fûtes mère,
Salut, salut, épouse du Seigneur.
Peuples, calmez votre douleur amère,   } *bis.*
L'Ange a parlé, vous avez un Sauveur.

Ne craignez point, vous serez toujours pure,
L'Esprit de Dieu, fécondant votre sein,
Conservera son temple sans souillure,
Car votre fils est le Dieu trois fois saint.

Qu'il me soit fait selon votre parole,
Parlez, je suis servante du Seigneur.
—Que désormais la terre se console :
Marie a dit son *Fiat* rédempteur.

Pour habiter sous une tente humaine,
Le Roi des Cieux, le Verbe se fit chair.
Par tant d'amour, tu veux que je comprenne,
O bon Jésus, combien je te fus cher.

Mère de Dieu, Marie, ô notre Mère,
L'abîme hélas! est ouvert sous nos pas!
Priez pour nous, maintenant sur la terre,
Priez pour nous à l'heure du trépas.

Priez pour nous, sainte Vierge Marie,
Priez, priez pour moi pauvre pécheur,
Afin qu'au Ciel, un jour, dans la patrie,
Je sois aimé de Jésus mon Sauveur!

LA VISITATION.

Mon âme vous glorifie,
Seigneur qui régnez au Ciel ;
Vous, mon amour et ma vie,
Vous, le salut d'Israël.

Je n'étais rien, voilà que du haut de son trône
L'Éternel me regarde, il prend une couronne,
Il en orne mon front ;
Émus de mon bonheur et ravis de ma gloire,
Les peuples à jamais rediront ma mémoire,
Et devant moi s'inclineront.

Celui dont l'univers exalte la puissance,
Le Seigneur en mon sein a versé l'abondance
De ses riches trésors ;
Et son nom dans le Ciel révéré par les Anges,
Ce nom doux et sacré provoque mes louanges,
Excite en moi de saints transports.

Votre clémence auguste a brillé d'âge en âge
Sur le mortel heureux qui vous prit en partage,
Seigneur, ô Roi des Cieux !
Et votre bras puissant, levé pour la justice,
Votre bras irrité prépare le supplice
De tous les pécheurs orgueilleux.

Pour l'indigent pieux, qui vous prie et qui pleure,
Vous ouvrez, ô mon Dieu, votre riche demeure,
    Vous êtes son soutien;
Mais l'opulent enflé de sa fausse richesse,
Loin du Ciel et de vous comprendra sa détresse,
    Car vous seul êtes le vrai bien.

Ce peuple d'Israël, si petit sur la terre,
Par vous sera grandi, tiré de la poussière
    Et mis au premier rang.
Ainsi s'accompliront les promesses antiques,
Et du saint roi David les hymnes prophétiques
    Sur Bethléhem et son enfant.

Gloire à vous pour jamais, Seigneur, ô Dieu le Père,
A vous, divin Jésus, gloire aussi sur la terre,
    Gloire pour vos bienfaits.
A vous, ô Saint-Esprit, vous, lumière du monde,
Par qui, Vierge toujours, je dois être féconde,
    Gloire, ô mon Dieu, gloire à jamais!

No 7.

MARIE A BETHLÉHEM.

La terre a fait silence,
Le Ciel s'est incliné :
Tressaillons d'espérance ;
Un Enfant nous est né.

CHŒUR.

Gloria in excelsis Deo.

Une Vierge féconde
Vient d'enfanter un fils;

Depuis longtemps au monde
Le Ciel l'avait promis.
    Gloria...

Quand à ses pieds la terre
Devrait être à genoux,
Je n'y vois qu'une mère
Avec son chaste époux.

Pauvre Mère ! elle pleure
Sur ce divin Enfant,
Qui, dès sa première heure
Se fait pauvre et souffrant.

Pourtant dans les campagnes,
Les Anges, en ce jour,
Redisent aux montagnes
Un cantique d'amour.

Au GLORIA des Anges,
Bergers, unissez-vous ;
Mêlez à leurs louanges
Vos accords les plus doux.

Troupe simple et fidèle,
Venez près du Sauveur,
Venez, il vous appelle,
Il est le bon Pasteur.

Demandez par Marie,
Demandez tour à tour,
Que dans la bergerie,
Il vous reçoive un jour ;

Et que sous sa houlette,
  Avec le Séraphin,
Votre bouche repète
  Le *Gloria* sans fin.

N° 8.

LA PURIFICATION.

Laissez, mon Dieu, se fermer ma paupière,
  Voici, voici mon Rédempteur :
Mes yeux, en paix, contemplent sa lumière,
Je puis mourir, car j'ai vu mon Sauveur (*bis.*)

CHŒUR.

O saint vieillard, chante avec allégresse,
  Ce jour si longtemps attendu :
Le Seigneur vient d'accomplir sa promesse,
Jésus est né, le Ciel nous est rendu (*bis.*)

SOLO.

Merci, mon Dieu, quoi ! ma main défaillante
  Sur mon cœur presse votre fils !
Lui d'Israël et la gloire et l'attente,
Il est encor le salut des gentils (*bis.*)

CHŒUR.

Près de l'autel, c'est la Vierge Marie,
  Qui vient obéir à la loi :
Quoi ! votre Mère, ô Dieu se purifie !
Voulez-vous donc éprouver notre foi ? (*bis.*)

SOLO.

Sa lèvre à peine a goûté le calice,
  Que lui réserve le Seigneur,

Et du Calvaire, ô cruel sacrifice!
Le glaive un jour transpercera son cœur (*bis.*)

CHŒUR.

Ah! qu'avec vous, moi qui suis bien coupable
  Je consente au moins à souffrir :
Vous m'aiderez, Vierge très-secourable,
A travailler, à combattre, à mourir (*bis.*)

N° 9.

MARIE AU CALVAIRE.

Sur le mont sacré du Calvaire
  Expirait l'Homme des douleurs;
Debout près de la Croix, sa Mère,
  En silence, versait des pleurs.
O Mère, bonne Mère, avec toi je veux souffrir [1],
O ma mère, ma bonne Mère, avec toi je veux mourir!..

CHŒUR.

Non, non, réjouis-toi, tu trouveras la vie
Dans cette heureuse mort qui fait pleurer Marie.
L'étendard de la Croix est un puissant secours,
Mourir avec Jésus, c'est vivre pour toujours.

  Oh! que ta douleur est amère,
  Lorsque de ton divin enfant,
  Ton regard, ô pieuse Mère,
  Rencontre le regard mourant.
O Mère, etc...

[1] Ces deux dernières lignes du SOLO, à cause des exigences de la musique, ont dû être écrites en *Prose.*—La mélodie leur prête le rhythme nécessaire.

Tu sens redoubler ta tristesse,
Quand Jésus, le cœur oppressé,
Jette au ciel ce cri de détresse :
Mon Dieu ! vous m'avez délaissé !..
O Mère, etc...

Quel homme n'aurait point de larmes
Pour la mère du Roi des Rois,
Et ne trouverait point de charmes,
A pleurer aux pieds de la Croix !
O Mère, etc...

O ma Mère, je t'en conjure,
Frappe, frappe-moi sans pitié,
Fais à mon cœur une blessure,
La blessure du Crucifié.
O Mère, etc...

Et quand j'aurai passé ma vie
Sur la Croix avec mon Jésus,
Puisse mon âme au ciel ravie
Jouir de la paix des Élus !
O Mère, etc...

N° 10.

MARIE AU CÉNACLE.

Quel souffle impétueux vient ébranler la terre
Sur ses antiques fondements ?
Quel est ce bruit soudain, ces éclairs, ce tonnerre,
Est-ce la voix de Dieu qui parle aux éléments ?...

CHŒUR.

Esprit saint, lumière du monde,
C'est vous qui remplissez les airs,
Reposez-vous (*bis*) sur la Vierge féconde,
Et que votre amour inonde
Les Apôtres et l'Univers.
Inondez l'Univers (*bis*).

L'esprit du mal disait : je suis le Dieu suprême,
L'Univers entier m'est vendu :
Les Rois sous mon pouvoir courbent leur diadême,
Mais à sa voix bientôt le Ciel a répondu.

Des cieux, une autre voix, une voix éclatante,
A quelques bateliers disait :
L'avenir est à vous; le Monde est dans l'attente,
Partez, pauvres pêcheurs, tendez votre filet.

Partez, fiers Conquérants, votre arme est ma parole,
C'est un glaive à double tranchant;
Par lui vous soumettrez la terre à mon symbole,
Vous ferez fuir l'enfer et trembler le méchant.

Allez, ne craignez rien, la Vierge souveraine,
Au Cénacle a prié pour vous :
Elle vous soutiendra, la victoire est certaine,
Satan sera toujours écrasé sous ses coups.

N° 11.

LA MORT DE MARIE.

Fils orphelin, je n'ai donc plus de Mère,
Oh! non Marie a dû vaincre la mort !

Un Chérubin vint clore sa paupière :
Anges, veillez, veillez, ma Mère dort !
    Anges, veillez, Anges, veillez.

CHŒUR.

Anges, veillez, ma Mère ici repose,
Jésus pour elle enchaîne le trépas.
Cueillez, cueillez et le lis et la rose,
Faites silence, oh ! ne l'éveillez pas (*bis*.)

D'un chaste amour la dévorante flamme,
D'un saint désir l'impétueux transport,
A cet exil ont enlevé son âme :
Anges, veillez, veillez, ma Mère dort !
    Anges, veillez, Anges, veillez.

Elle avait dit : Mon exil sur la terre
Durera-t-il, hélas ! longtemps encor ?
Non, non, Jésus a compris sa prière :
Anges, veillez, veillez, ma Mère dort !
    Anges, veillez, Anges veillez.

Près du tombeau d'où sa dépouille sainte
Va, pour les cieux, bientôt prendre l'essor,
Sans que la mort lui laisse son empreinte,
Anges, veillez, veillez, ma Mère dort !
    Anges, veillez, Anges, veillez.

Ma Mère dort et sa paupière est close,
Mais sur ses fils, comme sur un trésor,
Son âme veille et sa droite se pose :
Anges, veillez, veillez, ma Mère dort !
    Anges, veillez, Anges veillez.

N° 12.

L'ASSOMPTION.

Triomphe à la Reine des Cieux !
L'astre des nuits pour elle a dérobé ses voiles,
Le soleil lui prête ses feux ;
Son front resplendissant est couronné d'étoiles,
Triomphe à la Reine des Cieux !

Quelle est cette naissante aurore
Qui brille à mes yeux éblouis ?
C'est ma sœur, mon épouse et la Vierge des lis,
C'est la rose qui vient d'éclore.

Oh ! quelle est belle ! Oh ! qu'elle est pure !
Le feu de son regard divin
A pénétré mon cœur et l'a blessé soudain
De son amoureuse blessure.

Viens, viens recevoir ta Couronne,
Viens du Sanir et de l'Hermon,
Viens jouir des splendeurs de l'auguste Sion,
Viens t'asseoir auprès de mon trône.

Ses pieds ne touchent plus la terre,
Son front dépasse le Carmel,
L'amour hâte son vol et la transporte au Ciel,
Parmi des torrents de lumière.

Du haut de la céleste gloire
Elle nous appelle, marchons !
Allons, à la splendeur de ses chastes rayons,
Gagner l'éternelle victoire.

Poitiers. — Typographie de HENRI OUDIN.